从未像那样爱过一个人

[西班牙] 路易斯·拉米罗 著

锐拓 译

陕西新华出版

太白文艺出版社·西安

图书在版编目（CIP）数据

我从未像那样爱过一个人 / （西）路易斯·拉米罗著；
锐拓译 . — 西安：太白文艺出版社，2023.9
　ISBN 978-7-5513-2494-6

Ⅰ.①我… Ⅱ.①路…②锐… Ⅲ.①诗集–西班牙
–现代 Ⅳ.① I551.25

中国国家版本馆 CIP 数据核字（2023）第 185775 号

我从未像那样爱过一个人
WO CONGWEI XIANG NAYANG AIGUO YIGE REN

作　　者　[西班牙]路易斯·拉米罗
译　　者　锐　拓
责任编辑　曹　甜　关　珊
封面设计　江源工作室
内文插图　钢琴节奏
版式设计　白　马
出版发行　太白文艺出版社
经　　销　新华书店
印　　刷　运河（唐山）印务有限公司
开　　本　880mm×1230mm　1/32
字　　数　100 千字
印　　张　5.75
版　　次　2023 年 9 月第 1 版
印　　次　2023 年 9 月第 1 次印刷
书　　号　ISBN 978-7-5513-2494-6
定　　价　49.80 元

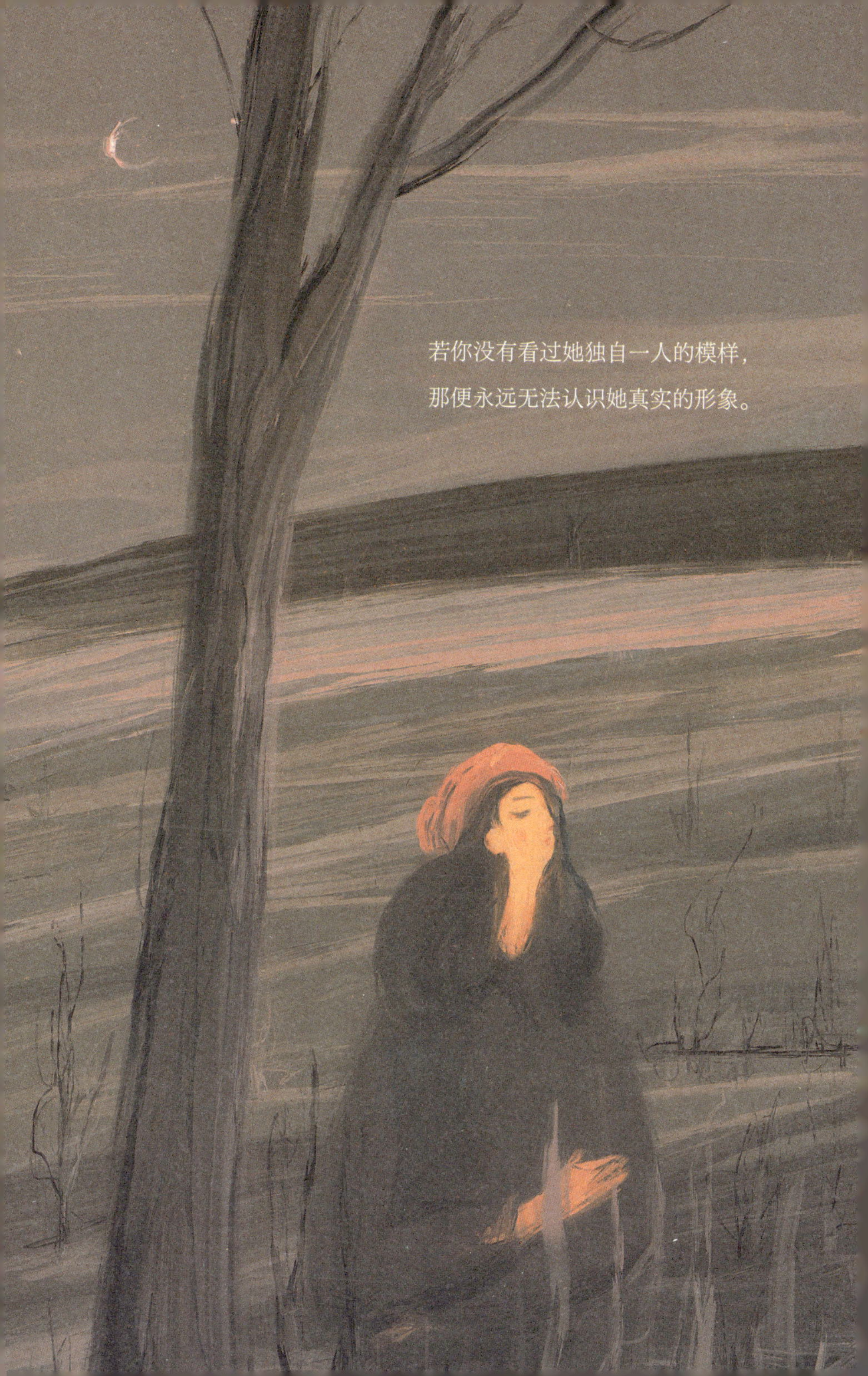

若你没有看过她独自一人的模样，
那便永远无法认识她真实的形象。

新年的目标：

忘记你。

我将从明天开始。

伴随爱情一路的，是随处可见的伤痕，
有的爱恋，从萌发的瞬间开始便奄奄一息。

与她共舞是危险的，

与她共舞之人，

必须是一位走钢丝者。

我时不时，跳入一个血盆大口般的空洞。

于是，我恋爱了。

我清楚地知道，我们之间什么都不会发生。

你假装从未爱过我，我寻找一座城市将你埋葬。

我离开了你，你便开始恨我，

你对我说，过去的一切都将像不曾发生过。

我总是欢迎爱情的到来。

人们总是，擅长给予建议，
假装聪明的人是一流的傻子。

推荐序

路易斯·拉米罗的诗歌，每一句话都在定格一段爱情，一次相遇、回眸与转身。

爱也是缘分，人与人、人与物的距离，注定也有转变——有时近，有时远，有时清晰，有时模糊，有时是滋养，有时是折磨。

人生就是因这种种转换，有了各种故事，精彩，命运。

各种情感都在他的诗歌里活着。

离别之后，他依然真情流露：

没有过量，没有责备，没有剩余。

你的生命，是我全部的躁动。

爱过之后，他还会怀念：

我从未像恨你那样去爱过别人。

恨，是另外一种爱。

过度的爱，也会成为另外一种恨。

分寸之间，需要智慧、阅历、体验。

我想，在自己更年轻的时候，我应该遇见路易斯·拉米罗的文字，他会让我更懂得爱情，让我理解爱一个人的感觉——

爱是激情，是占有，是专横，更是释怀、宽容，与豁达，是得不到的痛苦，也是得到后的感恩。

越是年轻，人越容易沉陷在爱的泥浆中，寸步难行。

但一旦世界被打开，你就会明白，所有的爱都有出口，都可以被接纳，被理解，被赞誉，被传颂。

读了他的诗歌，才知道，原来这个世界不止我一个人曾在爱中忧郁、痛苦、沉落、潦倒过，也不止我一个人患得患失，难舍难分。

这个了不起的西班牙创作型歌手和诗人，出版了 7 张专辑和 4 本书的路易斯·拉米罗，他也曾有过类似迷茫且疲惫的时刻。

由此可见，每个人的生命中都有类似的顿悟，只是有人会把它描述得那么美，富有音律感，富有神性的视角。

路易斯·拉米罗的文字最可贵的地方是，它不只赞美情感持久的可贵，也包容它的薄情与短暂。它不再像叶芝那般期待《当我们老了》，也不再像莎士比亚《罗密欧与朱丽叶》那般深情共死。

他特别擅长将日常描述得更有趣，比如《遥不可及的女孩》中，他写：

你的思绪是一颗遥不可及的彗星。

他对这个世界看得更为深刻，比如在《拥抱海浪》中，他写：

伴随爱情一路的，是随处可见的伤痕，

有的爱恋，从萌发的瞬间开始便奄奄一息。

他的文字里永远在诉说故事，比如在《我从未像那样爱过一个人》中，他写：

之所以冷言冷语待你，

只是因为我担心，担心这爱会令你欢心得意。

我从未像恨你那样去爱过别人。

……

这些美丽的诗句，都彰显了一个诗人的创作才华。在这个诗歌正缓慢死亡的世界中，在所有人都偏爱小说情节大于文字的质感时，路易斯·拉米罗的文字夺目而入，将我们的情感在日常中的故事，再次传唱。

西班牙媒体赞誉路易斯是这一代最好的西班牙词曲作者和诗人。是的，他不仅是个诗人，更是获奖的音乐人、词曲者，所以他的文字在跳舞，不是热情的群舞，而是美丽的天鹅舞，孤独、受伤，却也浪漫而满含善意。

诗歌永远不会消失，因为不断地有热爱生活的写作者涌现。他们用文字同世代的诗人歌者去交流，也在用情感的更多可能性与更多的孤独共舞。

愿诗歌常驻人心，它会让我们的生命更有质感，让我们的生活有更多的情感归路。

畅销书作家　韦娜

2023 年于上海

前　言

一个好伙计。

　　没有人会不喜欢写这些诗的那个人，他是这样的简单。没有人会不喜欢那家伙，因为每当写作的时候，他都是如此的真诚。他从不掩饰自己的缺点。当他的面前出现了一个傻瓜，他会对其一顿拳打脚踢。他和你一样，讨厌那些顽固不化之人。他是如此真诚，以至于被"持有记者证的暴徒"所憎恶。他是如此真诚，因为他从不掩饰自己是马德里竞技俱乐部的球迷。

　　但最重要的是，你必须得喜欢他，因为你能感受却无法理解的一切，你无法理解的关于自己的一切，他都能轻轻松松帮你得出答案。这就是路易斯能成为我们这一代作曲家中的佼佼者的原因，这也是为什么他一直以来都能够在班级里名列前茅。因为路易斯是一个全方位发展的诗人，他的写作无论形式还是内容都是天才的。现在，在我的脑海里有这样一幅画面。路易斯向他的朋友们慷慨激昂地解释说：萨宾纳的出奇之处不仅在于他说了什么和他如何说，还在于他所讲述的内容是多么的深刻，在于他对于我们的情绪和我们所经历的种种境遇解释得如此有深度，在于他对于讲什么与如何讲，即形式与内容是如此得心应手。路易斯也是如此，在谈及情绪时，他是如此精通。

从我认识路易斯起，他就是一个杰出的诗人，很少有人能像他一样定义众人的感受，很少有人能以如此简单而准确的方式讲述我们所有人的梦想，很少有人以这样的方式讲述前任情人不经意间掠过脑海时的感受。而他就是这样向你解释那些你不敢，或是不知如何表达的一切。他将所有的这些感受都摆在你的面前，任它们径直向你扑来，让你真真切切地明白到底发生了什么该死的事情。他不会治愈你，因为歌曲与诗歌无法治愈他人。但是路易斯会陪伴你，在你的心中种下一颗隐喻的种子，向你展现你所经历的种种。这样你便能理解，也知道该怎样处理发生在你身上的一切。

你们不会否认，无论是谁收到这样的礼物，都必然会感谢作者，并对他产生好感。路易斯在他的歌曲和现今的诗歌中都做到了这点。如果你不相信，可以潜入这些书页，阅读《当一切结束时》中的诗句；也可以在目光掠过《少年们》的同时将自己的生活代入，并且稍作停留。相信我，你会看到自己的影子，那是一份无价的礼物。

这本书所讲述的是一个生活在怀疑与不安中的男人，他只有在用五脏六腑去感受女人皮肤带来的触感时才能获得安全感与确定性。他渴望着他没有的东西，但有时，也想要丢弃已经握在手中的东西。他仍然渴望着他已经拥有的一切，但同时，他也如此贪恋不曾拥有的一切。他永远是少年，梦想着拥有永恒的炽热爱恋。他不是循规蹈矩之人，总是徘徊不定。他想成就一些不凡，因此用十四行诗打破常规所设置的条条框框，在一次次的分歧中提炼出宝石般的诗歌。他想知道为何他总是渴望那些他永远不会爱的女人，为什么他仍然爱着那些他不再渴望的女人。

这本书讲述了理想的爱情与本能的冲动之间的矛盾，这是其他诗集没有涉及的。它讲述了一个如此矛盾以至于好似一分为二的人：他既是理智的又是冲动的，既是理性的又是充满激情的。在解释这些矛盾时，他既矛盾又准确。他是矛盾的，就像你我是矛盾的。他是如此矛盾，因为他在同一句话中将痛苦与爱情结合在一起。当他意识到那个女人伤他有多深的时候，他才明白那就是爱。

他是矛盾的，因为他决定逃离对他不利的一切，并想由此走向成熟。他逃离那些火热的夜晚，以此避免另一个身体的宿醉。但是不久之后，他不得不面对一个无法被否认的现实。于是，他再次与她碰撞出火花。

如你所见，路易斯是矛盾的，就和我认识的任何一个人一样。因为他和我们几乎所有为爱情着迷、想要幸福的人一样。我们一直追求着激情与热烈的强度，但我们都明白，幸福与热烈鲜少重合。因为这份热烈，有时是由一段暴风雨般短暂的关系，或是一位同冰冷的建筑一般冷漠的情人所带来的。

他是矛盾的，因为他渴望着无法得到的女人，她们"脾气火暴嘴不饶人",还渴望着那些必须要对你说"不"的女孩,因为这样你才能明白你有多爱她们,同时也想拥有那些一旦离开就会令你的生活天翻地覆的女孩,而这令你明白,你亲手拒绝了一份爱情,你就是一个妄想过其他可能的生活的白痴。你不会否认说这从未发生在你身上,也不会否认你仍然渴望着那遥不可及的蝴蝶。

他是这样的矛盾,以至于一边渴望着她一边试图直截了当地消去对她的爱:*不论尝试了多少次我都无法不爱你/我们共度的时光不会被抹去。*这是矛盾的,就像一位很难再有感觉的情人。因为他把每一个今天和每一个昨日相比较,因为他在每一个身体中寻求可以取代腐烂变质的部分。但他没有意识到,他残破的身躯只能与那副早已不在的身体互相救赎。

最重要的是,他是如此矛盾。因为置身于这样一个行色匆匆、时光易逝的世界中,路易斯一路走来,面对暴风雨般的困难,他没有停下脚步,而是一直寻找他在这个世界中生存所需要的一张面孔。你是否也在某个瞬间对此感同身受呢?

在路易斯讲述这一切的同时,他没有粉饰自己的面容,而是大大方方地展现自己的本色。他温柔又狂野,他破碎的爱情被留于纸上逐渐风干,而他与她曾经的幸福时刻则被转化成了那一行行十一音节诗。

正如你们所看到的,这本书讲述的是一个走在寻觅路上的男人,一个对爱情梦寐以求的男人。他有时会找到它,但很快又亲手将其放开,然后再次去寻找。他鼓励其他人跳出条条框框,去拥抱自己的想象力,逃离传统的爱情,远离已经被设计好的生活。

这是一个致力于打磨自己的感受力并且抛弃了那些万全方案的男人：*那些寓意平平的故事／总是从婚礼上开始*。他比任何人都清楚那些恶习既危险又健康，他明白我们未曾实现的亲吻令人如鲠在喉，而为了让你不要忘记，他鼓励你像行尸走肉一般活着。

这个男人知道，只有那些明白爱情是如何给你的下颌来了一记勾拳，把你打倒在地的人，才会切实地怀有恨意。他也知道，只有那些非常清楚地明白何谓不幸的人才能拥有无与伦比的幸福时刻。本书的作者就是如此，一个该死的智者。

另外，他也是一个真诚的人。这家伙知道，做出承诺的恋人总是会高估自己的能力；他也知道，有时，在某一个瞬间来临之时，因为缺乏足够的情感，总有人对于实现自己的承诺无能为力。毕竟，放肆的激情往往有一个截止日期，承诺也是如此。这就是为什么我喜欢路易斯，因为他不说空话，他只承诺他确信能够给予的东西——狂热与想象力。

我希望那些通过这些书页倾吐自己心声的人们，都能感我所感。因为他是一个好伙计、好同伴。他会是那位教你了解自我的人，他让你找到自我，让你内心偷偷欢喜，因为你能在每一首诗歌中找到自己。很少有什么能像读者和诗歌之间的浪漫关系成真那样美妙。尽管这样的一见钟情在现实生活中鲜少发生，却能在文学世界中得以实现。因此，当你读到这里时，请坠入爱河。正如路易斯所说，"但愿，这故事，能以幸福美满的结局收尾"。

马尔万

目　录

是炽热的冰，是冰冷的火，

是受伤的，但是是痛而不觉的，

是美好的梦乡，和糟糕的如今，

是一段短暂而令人疲惫的休憩。

——弗朗西斯科·德·克维多

一个男人能让一个女孩

倾心于他吗？

有些可以：那些

实际上对此并不关心的人。

——弗朗西斯·斯科特·基·菲茨杰拉德

致 塔玛拉

关起门后

我难以坠入爱河，

我将每个人的身体和你做比较，

还有她们触摸我、望着我的样子，

一旦她们索要更多，我便头也不回地逃掉。

我正在感受你的缺席所带来的哀伤，

经历着星期日没有同伴的祷告，

自由会带来负担与忏悔，

而我无怨无悔地将其放在肩上。

门外，我将自己伪装起来，

我讲着故事、笑话，胡说八道，

若她是个漂亮的女孩，我便将她拥入怀中。

门内，我的日子是这样，

今天，我被一颗子弹击中而惊醒了，

因为昨天，我又梦到你爱我了。

昨天

昨天我看到了曾经爱过的女人。

在她的身边，行走着一道，

几乎看不见的影子，

而这，却属于一位永远不再是我的男人。

真的

一切都很好，

直到

她第一次伤害了我。

然后，我无可挽回地明白了，

明白

我早已经

真的爱上了她。

恋人们

我诅咒单调的婚礼与新人的派对，
憎恶浸在糖精中的蜜月旅行，
若宣誓台上的神父向我提问，
我将因心绞痛而像哑人一样失语。

结婚如此流行，
因太多人惧怕孤身一人，独自入眠，
那些寓意平平的故事，
总是从婚礼上开始。

我只能给你一颗糖果，
和暴风雨来临时，一把隐形的伞，
一个由梦的皮囊所编织的，你的无眠长夜。

为你画出一片波浪阵阵裹挟着钻石的大海，

放下你的裙摆，却无法为你掀起面纱，

我只能像爱热恋中的恋人一样爱你。

除此以外

那个女孩走近我

向我要了一支烟。

我将烟递给她，

另外，

还有我生命中的四年，

和我灵魂深处无法弥补的空缺。

令我魂牵梦萦的女人

她从来都不是我梦寐以求的女人。

她是更美好的，

令我无法入眠的女人。

极限运动

我还进行过
一些极限运动。

我
时不时，
跳入
一个
血盆
大口
般的
空洞。
于是，
我恋爱了。

没有情节的故事

你想成为罗密欧，我将做你的朱丽叶，
你爬上我的窗沿，
我让你谨慎小心，
不要在脸书上讲述我们之间的剧情。

我只用杜松子酒毒杀自己，
无论如何尝试，也不会有致命的结局，
莎士比亚也没能将故事凝练成形，
不要将少年的爱情当作赌注，以此博弈。

亲爱的，我们只做我们能做的，
我们明白，生命不是他人铸就的故事，
没有自身的允许，我们便无法死去。

生命本身，是如此惊艳的一部作品，

如果我们只是不急不躁地，

不被剧本和情节所左右地，那般相爱呢？

摇滚小姐

致走钢丝者组合与他们的歌

与她共舞是危险的，

与她共舞之人，

必须是一位走钢丝者，

与她共舞也总令人打滑跌跤。

我试图成为她的英雄，或是黑帮流氓

是我，在亲吻屏幕上的歌舞女郎，

在无声的噪音面前装模做样，

在死亡的召唤中装作哑人，一声不响。

无视我的告白与忠告，

她只有两片不饶人的嘴唇，

她的身体，是你的希望和生命。

糟糕的是，我的恐惧令她兴奋不已，

这是纯粹的摇滚乐，

站在镜子面前，她愿被称为摇滚小姐。

绝不可能

我将从结局开始说起：

我最终和她在一起了。

那晚，在音乐厅，

暗示是那样的明确。

我清楚地知道，我们之间什么都不会发生。

她展示出她的武器，

蜂鸟从她敞开的衣领间翩飞而出，

情欲从她歇斯底里的微笑中爆发，

我欣然迎上这求爱，因为，任谁都难以抗拒。

每一杯酒后，

她的裙摆都愈加撩拨心弦。

我又一次低估了，一个女人所积累的力量。

一旦

她认真起来。

结局你们也知道了。

而现在，让我告诉你们，故事的开头：

我绝不可能

在那个夜晚

与那个女人相见。

如果我不是第一位

你假装从未爱过我，

我要寻找一座城市将你埋葬，

伴着最喜欢的冬日，你逃离了我，

我要寻找一个合适的理由去恨你。

家，就像一座飞机场，

所有的飞机都已起航，

你向我传来简讯，通知我的死亡，

你封锁了我对你过去的向往。

现如今，不要再用该死的演技搪塞我，

这世间，上演着许多更糟糕的事件，

我的爱，同流行时尚般，逐渐成为过去。

我只想告诉你，若我颓废不起，

不要来参加我的葬礼或是婚礼，

我不想成为你心中的第二名。

这是你应得的

我想象着

你用我的手指

代替从你的肌肤流淌而过的

淋浴时的热水。

调高恒温器的压力。

这是你应得的。

一流的傻瓜

置身事外便可以勇敢坚毅，
在场外观看斗牛也很容易。
人们总是，擅长给予建议，
假装聪明的人是一流的傻子。

应该，多去照照镜子，
而不是，从他人身上寻找瑕疵，
在开口前，眉头皱起，
每一句话都不要中伤他人。

我只对自己提出建议，
人生不是如此浅易，
比起喧闹的喊叫，我更喜欢岁月静好的点点滴滴。

我不是法官或是律师，更不是当事人，

我为夸大自己的意愿准备了一套辩词，

我想被深深地爱着。

风景

缠绵之后，你的脸，

是令人永远移不开目光的一道风景。

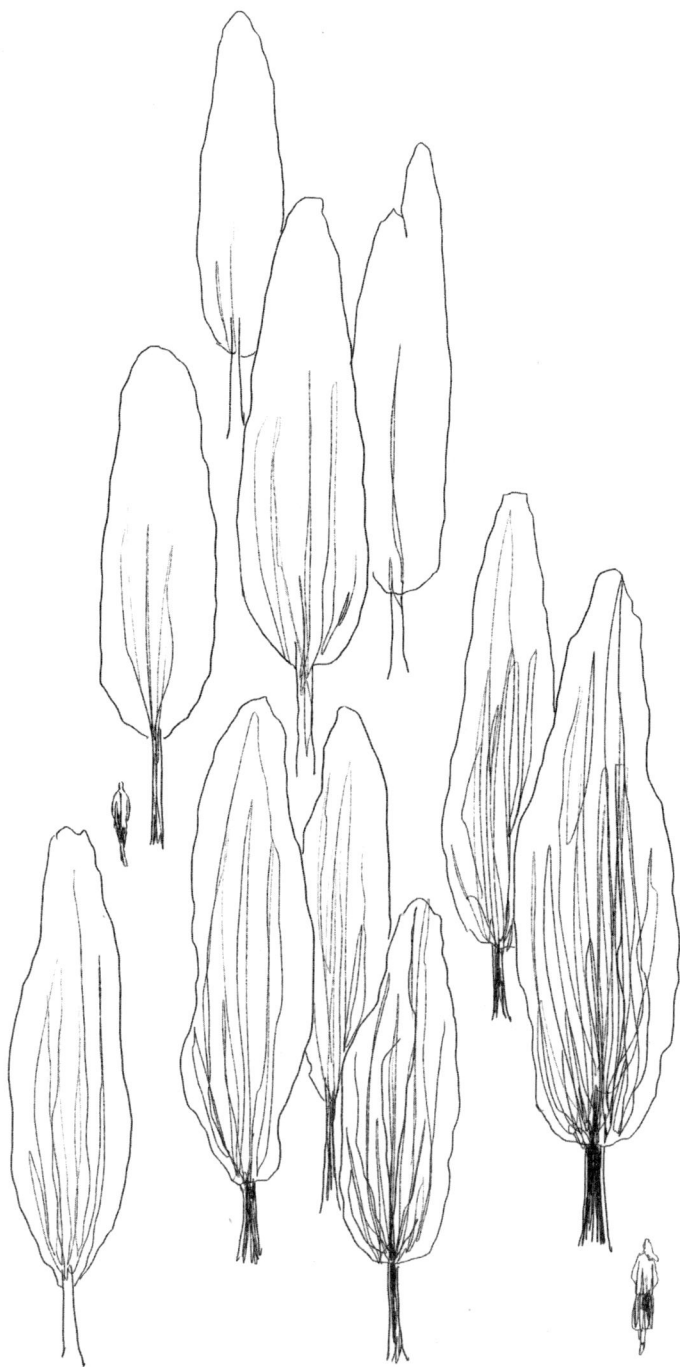

我热爱马德里竞技俱乐部

致阿尔瓦罗、贝雅、罗德里和贝塔

我的祖父教导我，

弱者也可以成为巨人，

生而为马德里竞技俱乐部的粉丝，

是灵魂上刻着的一道伤痕。

荣耀之时，亦是受难之时，

将要落下的星星，总是闪耀得更加明亮，

失败或是跌倒之时，

要立刻爬起身来，重新站立。

祖母绿的曼萨纳雷斯的海，

守护着我们的山峰与生于其上的雪人，

他背负着红色条纹。

有人呐喊着进球了，天上便飘起阵阵纸屑雨，

全世界都穿着迷你裙，这就是为什么，

我热爱马德里竞技俱乐部，当然我爱它的理由远不止这些。

那些奇怪的家伙

并不多，

但是，是他们

创造出了

那些稀少的

画作佳品。

那些鲜有的

绝妙交响乐，

那些不多见的

高质量书籍，

还有一些

其他的作品。

——查尔斯·布可夫斯基

俄罗斯套娃

我的瞳孔，像俏皮的蜗牛，

顺着你的上衣爬行，

我的未来哄骗自己，

悄悄钻进，你的每一个角落与缝隙。

你做出有些困惑的表情，

像是不明白原因，

你想成为一组俄罗斯套娃，

你总说，你的外壳层层叠叠。

男人，总是会玩心大发，想要赌一把，

我想成为一个男人，于是我令自己坚强，

然后，从战斗中负伤。

总有一天，你会哭泣，

我发誓，在那一天，

我会给你一个带着剧毒般的拥抱。

一样东西

她拥有了一切。
相信我，她已拥有了一切。

而我终归还是祈盼着，
盼着她总该有一样无法拥有的东西。

那个
会令我
永远
爱她的
东西。

当一切结束时

我离开了你，你便开始恨我，

你对我说，过去的一切都将像不曾发生过，

我只能与我的恐惧结为夫妻，

你将当作从没有认识我。

故事的一切就此打住，

伴着令冰块融化的热吻，

爱情就像一道道凯旋门，

昨天还那样真切，今日便忽然泄气投降。

我们的爱情走到了尽头，

留下的只有泪水与仇恨，

你对我说话，好似在与律师对峙。

你将永远是我的生命，我的歌曲，

是一个枯竭星球上的，我的女王，

是我曾经那样，无条件爱过的姑娘。

狂热追求者

我厌恶那些，

在舞台上撩拨女孩的无耻歌手，

他们在公众面前，哭诉他们的伤口，

说着他们，如何的悲伤与孤独。

只有在你阿谀奉承之时，他们才会爱你，

其他人都是对手，

他们假作姿态，伪装成 Lady Gaga；

他们撒谎成性，甚至日记里都谎话连篇。

如果你的身边没有一位朋友，

坐满体育场或斗兽场的追求者，都毫无意义，

胜利，终归是一项惩罚。

我不加粉饰地，唱出真实的我。

我看着，这个不以我为中心的世界。

因此，太阳总能在风暴过后照常升起。

肌肤之下，身体内部

我远不是所有人认为的那个我，

我将痛苦深藏于肌肤之下，身体内部，

我不向人诉说痛苦，我将一切吞咽进肚，

我不需要关注，也不想成为世界的焦点。

我不仅仅是你从微笑背后看到的那个我，

我是怀疑与焦虑的集合，

比行色匆匆的生活，更加脆弱，

比城市中的麻雀，更加虚弱。

有时我以自己的方式感到幸福，

在床上拥有一个假装爱我的女人便已足够，

尽管她不是真的爱我。

生命，叫喊着呼唤我，

每天，为我架起一个梯子，

沿着这里，我伸头去看人生全新的剧目。

推特

推特有 140 个字符。

我只用其中 6 个。

我想要你回来

雨夜

你躲在一家中国商店的遮雨棚下，
下雨了，而你在等天晴，
你穿着那双巴黎制的鞋子，
还是同一颗心脏，同一副面孔。

这些年的时光，如伟大的杀手，
令我从未忘记过
你那与旋风一般撩人的瞳孔，
和那一晚，令我情欲焚身的火热双唇。

雨停了，你也离开了，
仿佛是在大道上，游走于水坑和瓦片间的
一道幻境。

而我，独自带着伤口，

我甚至没有得到教训几条。

爱情就是这样。只是，我的生命中不再有你。

少年们

在酒吧里，

我看着从学校离开的少年们。

他们看着一点也不欢喜，

相反，他们如此缺乏安全感，一副受惊的模样。

我很想告诉他们，

我曾像他们一样，

现如今，多少年的岁月过去，

我几乎是幸福的，

拥有了更多的安全感，

很少害怕什么。

然而，

相信我，

为了再次成为他们中的一员，
即使只有一秒钟的时间。

我愿献出我的灵魂。

圆满结局

女孩闯进我的生活，

一切都是那样难以预料，

笨拙如我，一个聪明的男孩，

甚至不知道如何寻找那一方出口。

我总是欢迎爱情的到来，

上一段爱情令我遍体鳞伤，

但我坚持对每一个十字架祈祷：这该死的，

无药可救的我，成了受虐狂。

然后，同往常一样，爱情结束了，

留下的，是依旧鲜红的美丽伤痕，

还有，伴随着荆棘吞咽进肚的回忆阵阵。

被女演员们包围着，

我们在每一个转角之后，追求美好结局，

这将是一篇，结局圆满的故事。

梦

我的猫，睡卧在垫子上，
梦见了，金翅雀和老鼠，
那片属于天使之猫的天空，
和小巷子里的激情之夜。

我梦见城市与海豚，
梦见在阳台上挥手的女孩，
甚至梦见我驾着飞艇降落在，
那没有鲁滨逊的小岛之上。

梦，归根结底是一个，
像是在报复白天一切的合理性似的，
由我们的影子，在每一个夜晚所书写的故事。

而令人惊讶的巧合是：

男人和猫所喜爱的梦境，

都因羞耻心作祟而从未被提及。

她的画像

我将我的故事，写成十四行诗说与你听：
可以肯定的是，我已陷入恋情。
若不是这般满溢，那就不是爱情。
而我的前任们，无法与她相比。

用诗句为她画像很是稀奇，
若让我选一个合适的副词，那就是"无可比拟"，
若令我选一个恰当的动词，那就是"满溢"，
出于慎重考虑，我将她的名字保密。

我只想说，如今我感受到生命的活力，
听不见她声音的世界，将是一面峭壁，
我选择做她蠢笨的傀儡。

写作时，我很难将她定义，

她的身子远不是一张白色的纸，

比起诗人，我更想做她的情人。

言语

你不会对我说的，

恰恰是最令人煎熬的。

故事中的反派角色

无论如何否认

我们都不会像曾经一般相爱了，

让我们装作平常，

在平局中结束这场竞技。

不饶人的言语令对方窒息，

但我们又次次从死亡中复生，

我们太过勉强地维持平衡，

在两个极点，相互错过，相互失去。

事已至此，愤怒早无意义，

我们无可挽回地失去了回忆，

一针一线，我们的伪装逐渐瓦解，

我们都是故事里的反派角色。

我不会回顾往昔，也不会对属于我的一切，
和属于你的所有，再做清点。
家具无法留住回忆，
我同我的未来，一起迈步而去。

故事的后半部分，从来都不令人满意，
至少，人们在街上是这么说的，
让我们删去剧本，重构新的故事，
让我们不要为这场灾难拍摄续集。

我知道，激情只是一瞬间，
但瞬间，也可以是百年，
我们既不那么聪明也不那么固执，
我们不会愚弄醒悟。

让我们挂断电话，
忘记令人精疲力尽的夜晚，

呼唤着对方，将彼此引向扭曲之路，

一路上，爱情逐渐被染上施虐的快感。

我们不是照片上的情侣，

活着，不该靠麻醉剂麻醉自己，

你不该满足于残羹冷炙，

马德里①也不是威尼斯的省。

①马德里：马德里是西班牙首都，也是马德里自治区首府，而威尼斯是
意大利东北部的一座城市，所以二者的行政区划没有上下之分。诗人这
里可能是想借此表达一个荒诞而不切实际的含义，用来说服诗中的主人
公不要再做白日梦。（译者写）

我的躁动

海风吹过你敞开的衣领，
剪断你的秀发，
海滩借着细沙与你亲密接触，
明月轻咬你的后颈。

将你牢牢握在手中，我的生命仍然是飘忽的，
自由地陪伴在你身边，是对我最大的判决，
你的身体是我的十字架，是我最后的晚餐，
你的双唇，是一间随波漂流的船舱小屋。

若你露出牙齿望着我，我便会失去理智，
当你用眼睛同我说话时，我对你垂涎三尺，
在幻想中，我们结合为一体。

若没有战利品，我还有什么说辞，
没有过量，没有责备，没有剩余。
你的生命，是我全部的躁动。

查理

查理·温斯顿的声音被当作了背景音。

人们步履匆匆，气喘吁吁，

汽车的噪声，

承诺与钻孔的喧嚣，

还有鸡皮疙瘩不安分的喧闹声。

查理·温斯顿的声音，

是在为渐行渐远的夏天伴奏，

为不会到来的秋天设置背景音，

为一个没有你的冬天演奏序曲。

史诗

女孩驾着各色摩托车

在无趣的车辆间穿行，

一些行走着的女孩，打扮精致，

仿佛要将花朵的呼吸一并偷去。

很多女孩，既不算更好也不算更坏，

有些女孩，令我们的感觉迟钝。

总有人，迷恋上女孩，而因此为爱负伤，

成了被光荣埋葬的"士兵"。

我在女孩中，寻找着一个姿态，

一道闪光，一种直觉，和一道痕迹。

还有一张令她与众不同的脸庞。

我知道这部愚蠢的史诗

试图取代，早已分崩离析的一部分。

即便是你，也没有像她那样拥有一切。

深渊

就像是从深渊中探出头去：

尽管受到了惊吓，但也不舍得移开目光。

她就是那样。

而我望着她出了神。

直到

最终

坠入

空洞⋯⋯

数百万人中的另一个生命

音乐会上，人们问我，

我从何而来如此多的情感，

而我，如此笨拙，不知如何作答，

我沉默着，感受灵魂一阵紧缩。

我只是一只戴着枷锁的动物，

我将言语，迎着风，倾泻而出，

我并没有一颗强大的心，但也许是天赋使然，

又或许是我的努力，将一切打磨成句。

那些打击，正如同你所经受过的一样，

酒店和宾馆里的女人也曾这样伤害我，

而我并不比你坚强，这便是答案。

我以写作诗歌与歌曲为生，

我不会比你，或是一旁的人流更多的泪，

我的生命不过是数百万人中的另一个。

幽灵

电影中的幽灵穿墙而过，
却不将脚踏于地面。
在我的床上，她飘浮徘徊，
她知道如何从我的身体穿过，
从这一侧到那一侧。

我仍然没法忘记她，
但是相对的，

我不再
害怕
那些幽灵。

那个冬天

不知你是否记得那个晚上，

那恰恰是一切的开始。

我们本应该去那个酒吧的卫生间。

我们正准备那样做。

但我们没有。

我想我们已经在一起三年了，

或者说，两年加上一年？

我知道，我们曾度过了美好的岁月，

但不知为何，种种这些都变得令人诧异的模糊起来。

我只记得一件事，

我记得如此清楚，就仿佛是昨天发生的那样（实际上，也许真的
是昨天）。

你那双绿色的瞳孔，微醺似的闪烁着，

你穿着那件 T 恤，

你将头靠在那个臭气熏天的厕所门上。

不知你是否知道，马拉萨纳的那家酒吧已经不在了，

那里变成了一家服装店。

我很后悔，相信我，我深深地后悔着，

后悔没有，在那个夜晚，

将你带到卫生间深处，

外面在刮着风，

那个不曾结束的冬季，

那段我们还活着的时期。

为了上去

在她家门口，
她问我是否想上去。

于是我上去了。

我一心跟着她，不断向上走着，
最终，跌入了她留下的深渊地狱。

被埋葬的梦想

街上徘徊着颓唐不起的人，
和街头巷尾历史性的废墟，
还有充满着高傲与恐惧，
依山谷而建的城市。

一秒都不停歇的时钟，
将我们从死亡手中救起的乐曲，
重新加热后令人反胃的咖啡，
都在这令人软弱无力的房间。

这仅仅是溃败的光辉，
是被击落的飞机的破裂声，
是一只海鸥平静的死亡。

老朋友们，头发逐渐稀疏，也与曾经不再相同。

他们从过去而来，

那里，还飘浮着我们被埋葬的梦想之光。

文字游戏

生活只是一场文字游戏，

有时，过去是如此沉重，

把游戏与火焰混合，受伤的将会是自己，

而怀疑，即使它无法言表，却是如此明了。

感受，会令你的大脑安定

或是，转动你世界的旋钮，

悲伤，是稀少而昂贵的，

我吻得如此之深，以至于令我沉沦。

如果你趾高气扬，他们就会批判你，

如果你犯了错，那是在不满于责备。

玫瑰花般的遭遇令我们之间的种种变得复杂。

因此，每当想你时，我就浑身火热，
你发苦的肌肤上的毛孔解释说：
我想成为，令你受伤的那条长鞭。

请将它传播出去

他们告诉我，那是虚幻的故事，
而我一言不发，却已难以脱离，
故事中的丘比特之箭
径直射中我的心，毫无顾忌。

我以海洋与疾风的名义发誓，
仅仅是看到她的脸庞，我便缴械投降，
我的灵魂与内脏一阵收紧
一道裂痕，令我颤抖着，站不稳脚跟。

他们说我疯了，说我夸大其词，
说爱是更加深沉的东西，
说爱是一次稍纵即逝的中风。

若谁相信我所说的，请将它传播出去：

我的诗句所讲述的事实，

和即将与我一起进入坟墓的，我的爱情。

再一次，不过是

一片床铺中央的森林，

一艘沙漠中的玻璃船，

一个港口上空飘着细雨的星期二，

一出愚蠢的闹剧由此开始。

你的身体只是一帧画面，

而我，是一个迷茫的新手演员，

你我的肌肤，紧紧相接，

仇恨，在节目表上并不可见。

不论尝试了多少次我都无法不爱你，

我们共度的时光不会被抹去，

你知道的，即使你表现得不曾畏惧。

而我，不强作硬汉也不假装得意，

仅仅是你童话中的王子，

再一次，不过是悲伤的蛤蟆一只。

"医生，我的哥哥疯了。

他认为自己是一只鸡。"

而医生回答道：

"那你为什么不把他送进精神病院？"

那个伙计说：

"我愿意这样做，但是……我需要那些鸡蛋。"

没错，这约莫就是

我对人际关系的所感所想。

你们知道吗？人际关系，

是完完全全的……毫无理智而又疯狂的……

是如此荒谬的……但是……我想

我们继续维护着这一段段关系

因为我们大多数人都需要

那些鸡蛋。

——伍迪·艾伦

时髦流行

现如今的这些皆是时髦流行的，
来自塞戈维亚的人谈论着孟菲斯
和寺庙里爱摆阔的吉普卜赛人，
每年夏季的伊维萨岛和休闲叙事曲。

音乐电视网上播放着，令人反胃的印度流行曲，
那是假装阔绰之人的杰作，
带着孩童舔舐棒棒糖的天真，
那些制作民俗乐的女孩，毫无乐趣。

而正常如我，却被排除在外，
他们说，朋友，你早已落伍于现代，
更别说你还是个唱作人！我来自另一个时代。

他们休想就这样令我躲藏起来，

我会坚持以我的方式生活，

时间将会对相应的人进行审判。

梦

在睡前我喜欢四处游荡，与我最心爱的东西一起，
就同你一样。

但我认为，因为以下三个原因，
最美好的梦也许永远不该成真：
如果它们得以实现，很显然，它们将不再出现在梦里。
如果它们得以实现，那我们在夜晚将更加难以入眠。
如果它们得以实现，而你（仅仅是举个例子），也真的属于我了，

我可能会爱你爱到无法自拔，
这是真的。

但是请相信我，

我永远不会
我也从未

比
现在
更加
爱你。

生命之路

到了这个年纪，仍然有几件事
是我想再次回味，或是我还未曾尝试过的。
旅行和蝴蝶般的女人，
在我身体的另一侧，留下了伤痕。

生活是令人上瘾而又神秘的，
冬日是时快时慢的，
我们都知道，时钟是那样的任性，
有的瞬间，似乎会是永远。

因此，让我们把握这样的片刻，
生命是一个神圣的片段，
让我们逆风相拥。

无关星座、预言家或是命运，

我们写下了这篇故事，

令我们的生命之路处处是惊喜。

上岸

浴缸里装满柠檬水，
敞开每一面墙，
在楼梯上涂画诗句，
为每一条狗颁发奖章。

活得好像你已不在人世一样，
逆着风，不惜一切地爱上，
不紧不慢，也不要求凭据一张。
做上标记，在故事的每一页上。

时常将仇恨放入引号之间，
在每一个水坑之中寻找白鲸，
噩梦来临之时保持微笑。

如果世界是一次远航，

请上船吧，然后看一看远方的海岸：

它在呼唤着我们，是时候下船上岸了。

老人

老人从岸边望着海
像是在从照片中，观察着他的过去，
透过门上的猫眼
回想记忆中破碎的梦境。

在另一段生命中的他已走过的道路，
随着时间变化的城市，
脸上带着伤痕的女人，
和最终随风而逝的爱情。

那个老人，正如众人一样。
他知道，自己即将走到故事的结局，
也知道，他不必带着泪水回忆过去。

我行走着离开岸边，

没有哀伤，没有恐惧，也没有颓唐，

我就是那一位，我正望着的老人。

恐惧

去面对镜子中的自己

在哭泣的时候，咒骂他是懦夫，

在自己的身体内部搜寻，

让你的勇气，为你提供建议。

恐惧，几乎总是在吓唬自己，

就像，啃咬也不够伤人的小狗一条，

它们最终会土崩瓦解，只需你吹一口气，

吐一口痰，然后将其弃置于地。

我知道，勇敢并不容易，

所有人都擅长说理，

但大多数人，都不懂生活，缺乏教养。

我们将不得不在口袋里寻找，
一个令我们沉醉不醒的亲吻，
梦想着黑夜过后将迎来清晨。

我的下一场悲剧

我曾以为我知道你所有的小心机，
你的喜好，你的故事，你的愤激，
我发誓，在你我之间并无间隙，
无论是我们二人独处之时，还是与他人相处之时。

若你没有看过她独自一人的模样，
那便永远无法认识她真实的形象，
残酷的现实不会宽恕原谅，
正如恋人再也无法做回朋友。

你最好保持沉默，我更喜欢这样，
对于冷战，你总是如此擅长，
我不想要情景喜剧中的泪水。

我负伤离开，但却如此完整，

正如那句话，"没有人因爱而死"，

我将去迎接，我的下一场悲剧。

寻找着女人

寻找着，一位美好灾难的候选人，

她笑着，迷惘着，还有些疯狂，

我不希望她去熨烫衣物，或是做些针线活，

也不希望她总是嘴上不饶人。

身材与年龄，

体重与肤色，或是美貌都不重要，

重点是，她要喜欢冒险，

要在惰性袭来之时选择飞翔。

我没有要求太多，我要求的是一切，

而这"一切"，在你想要的任何时候都不嫌多，

我总结出一些不可或缺的要求：

两个相互陪伴、共同赏月的灵魂，

每天早上触摸月亮，

仅仅将人生，活成舞台上的模样。

唯一的真相

你说我从未爱过你，
说你不过是一个单纯的消遣方式，
你紧紧攥着衣服，泪流不止，
我也哭了，但却并不适时。

你偷看了我的手机，
为我的沉默寻找一个说辞，
若我默不作声，那是因为我已满身伤痕，
若我说起它们，那只会是伤口撒盐，疼痛难忍。

我承担那些为你所知的，我的错误，
我苍白的悲伤，我打结的思绪，
我的苦恼、愚笨和妒忌。

你不知道的唯一的真相

玷污了我在镜子里的模样：

我曾全身心地爱过你。

寻觅令夜色忘却旅程的弯道

是无用的。

没有衣衫褴褛，没有贝壳，也没有眼泪的沉默

也是如此，

因为区区一场

蜘蛛的小型宴会

便足以打破

整片天空的平衡。

——费德里戈·加西亚·洛尔卡《诗人在纽约》

遥不可及的女孩

你高速地向上滑行
而后又飞回地面之下，
像极光一般带着北方的寒风，却炽热鲜明，
那么像你，那么朋克，却也那么有礼。

我明白很难理解你，
你的思绪是一颗遥不可及的彗星，
我寻找一个机会来爱你，
但每当你瞥见了那一丝可能性，便急着逃离。

我们注定要面对彼此，
我们之间的战争愈加迫近，
不要否认你仍然渴望着。

总有一天我们会相互厌倦，

我会与你的身体结合，女人，即使你是如此顽固，

你只需放手自己，由我来掌控全局。

毁灭帝国

高速公路边的坟墓
和议会厕所里的可卡因，
持有记者证的暴徒，
他们像狗一样，叫唤着索取骨头。

白痴，谄媚之徒，卑劣之人，
这便是政治与世界的运行方式，
如果你有一个目的，不要将它失去，
美好，仍然零星残存于深处。

经历了那么多的危机与溃败，
最终我们仍留有尊严几许，
即便是一场梦，我们也要得到胜利。

我拒绝被当作他们的宠物，

有时，不过一个奴隶的勇气，

便可摧毁一个伟大的帝国，将一国之主击倒在地。

雨

雨水将夜晚的伤痛减半，

也许，是排水沟的细流，

或是，如民谣般悦耳动听的雷鸣，

抑或，倚靠在阳台上的人们。

街道享受着自然的沐浴，

不害臊地与墙面亲密接触，

水坑将失望淹没，

若你做得太过火，生命也不会为你作出裁定。

门廊被亲吻浸湿，

相互拥吻的人们却不知他们所欲为何，

情侣沉溺于潮湿黏腻的当下。

没有你的我，感到深入骨髓的凉意，

我向希望祈求，祈求它等着你，

要你给我温暖，要你回到这里。

小蜂鸟

他像失控的诗句一般，来回移动，

伴随着年轻舞者的光辉，

令这个世界在他的一侧翩翩起舞，

用他的思想阻止时钟的运转。

他的身影，令我无法呼吸，

他那般娇小，在我的眼前蹦蹦跳跳，

有些双腿，令你的理智消失殆尽，

而他的，甚至会令你的心思意志被偷窃干净。

不要想着去辨明他的身影，

也不要试图去压抑，

他远不仅仅是一门艺术，也绝不是一名诗人。

落于地面的小蜂鸟，

仅仅留下了彗星的痕迹：

那便是梅西，那双雷霆之足的主人。

大声做梦

我试着想象你在做什么，
现在，在想什么，
多么的煎熬，任时光匆匆流去，
却只剩下悲伤残余。

奇迹般的重置键并不实际，
错误的背后，总有一系列的后果无法逃避，
它们同石块般，压得灵感喘不过气。
我们活着，尽管灵魂早已缺席。

你明白我的，我想用笔将其一一书写，
我知道，我所说的一切都显而易见，
如果你不想读，我也不会阻止你。

我大声地问你，现如今，你的梦乡在哪里。

若不是我，那每当你醒来时，你的枕边人是谁?

我发过誓要尽快忘记你。但我没能做到。

瀑布

这样，

正如

这一首

层层递进的诗，

我想放空自己，

我想坠入

你那最为湿润

而无法触及的思想深处。

好的目标

新年的目标：

忘记你。

我将从明天开始。

或者就星期一，这样更好。

拥抱海浪

谈及分手，这世上并无老手，
没有人知晓那奇迹般的补救方式，
这不是正确或是错误的问题，
女人和男人，都是如此任性。

有的人相爱了三十年，
而其他人，却不过十秒的瞬间。
伴随爱情一路的，是随处可见的伤痕，
有的爱恋，从萌发的瞬间开始便奄奄一息。

不知如何独处的人，
畏惧承诺的勇敢之人，
拥抱浪潮的疯癫之人。

我先声明，我是一个拥抱浪潮的疯子，

我认真倾听海螺的声音

寻找着那一片天堂，即使它并不存在。

虚妄的蝴蝶

你可以相信传说中的龙，

相信无敌而伟大的超级英雄，

同样，继续梦想着成为狮子

这样，便能将虚妄的蝴蝶攥入手中。

东方三王①从来不是你的父母，

不要被愚蠢的成年人欺骗忽悠，

他们宁愿你是个哑巴，也不愿你四处乱吼，

不见尽头的童年是一种侮辱。

我仍然相信唐·吉诃德，

---

①东方三王：即"东方三博士"，指来自东方的三位国王或贤士。

相信那些同过去的疯子一般疯癫的人，
相信那些小岛的桑丘统治者。

我厌恶那些扮演主导角色的理智者，
我有一颗依旧飘浮着的心，
我知道风车是巨大的。

我从未像那样爱过一个人

我厌恶你的为人，蔑视你的魅力，

我愿你堕人无尽地狱，

我希望你的床铺冰冷如冬季，

令你的梦破碎又悲戚。

不要用泪水将微笑隐匿，

不要再假意温柔，事到如今，

我缄默无言，面对着佯装悔悟的你，

只能将心声诉诸笔记。

我愿过去的一切再无踪迹，

也祈盼着那段旋律永不再响起，

我们之间的种种如蜡烛般，注定灯火散尽。

之所以冷言冷语待你，

只是因为我担心，担心这爱会令你欢心得意。

我从未像恨你那样去爱过别人。

我楼上的邻居

　　我独自住在一个狭窄的单间公寓。我搬进这里的时候，把电子钢琴放在房间里，并且习惯在晚上弹一弹琴（当然，我戴着耳机）。几天后，门卫告诉我，楼上的邻居抱怨说她听见了类似于敲鼓的声音。对此我得出的结论是，那是我的手指敲击琴键发出的声响。门卫告诉我，楼上的邻居是个单身女性，她是一名医生，并且已经上了年纪。于是我将钢琴搬到了客厅里，现在每当我睡觉时，我都感觉到她正在楼上，在她的床上，全神贯注地警戒着。有时我会想，我的梦是否会吵醒她，因为我的梦总是很有力。我也试图在脑海里想象，这位睡在离我几米远的楼上的、素未谋面的女人的模样，毕竟我们之间仅仅隔着一层薄薄的天花板，甚至能让最轻微的声响进入彼此的梦乡。我们靠得如此近，也都是独自一人，但我们永远不会知晓对方的任何事情，就像许多夫妻那样，各自保有着那些不曾言说的秘密。

　　今晚，在合眼入睡之前，我会望向天花板，并向着那里轻声细语：

　　好梦，我的爱人。

　　晚安。

图书馆

我童年的大部分时间都被书本包围着。在冬日的下午，我经常去我们社区的公共图书馆，在那里，我避开了寒冷，安心做我的作业；在那里，我和同班的朋友们一起说笑打趣；在那里，我发现了一个将会成为我生命基石的新世界：书籍的世界。在那里，我和阿斯泰利克斯还有奥贝利克斯一起穿越过罗马的领土，我与丁丁、阿道克船长和幸运的路克共同经历了数百次的冒险。我无数次翻开那一本本红色封面的书，上面写着"选择属于你自己的冒险之旅"（后来，我们发现，在现实生活中任何人都无法回到前一页来做出正确的决定，这多么令人灰心丧气）。在那个图书馆里，我过着不一样的生活，而每一种生活又与每一本书中的不同世界相互联系。

在某一个冬日的下午，她来到了图书馆。我当时十二岁，而她十三岁，她在学校比我高一年级。每当我在操场上看到她，我都认为自己永远无法触及这样的一位女孩。

于是，自然而然地，我便开始每天下午盯着她看。令我惊讶的是，我发现她也在回望我，她会含糊而羞涩地对我报以微笑。在好几个星期的时间里，我都着迷于她，想象着该跟她说些什么，想象着该如何靠近她的书桌，并且最终和她说上话。但这永远都没能实现，因为在一个倒霉的日子，她的两位同校的伙伴发现了我们之间的游戏。于是她们开始嘲笑我，并且我想，也有些许对她的嘲笑，这将她拉回了现实。

也许她们告诉她，那个一直望着她的小鬼是谁，也许她们暗示她，说她不会愚蠢地喜欢上像我这样的男孩。第二天，她没有出现，第三天也没有。一年之后，她离开了学校，也搬出了这个社区。

直到二十年后的今天，我才在一家鸡尾酒吧的吧台后面再次见到她。我毫不怀疑，那就是她。在我把这个故事告诉与我同行的朋友之后，他逼我对她说出一些事情，将一切说与她听。我摇了摇头，走到吧台前，点了一杯酒。她表现得很是平常。我付钱时，问她："抱歉，你是奥尔加吗？"

"你怎么知道我的名字？"她带着惊讶与警惕反问我。

"说来话长。"我一边回答一边转身离开了酒吧，走进了寒冷的夜色里。

我知道这已经太晚了。

我们早已不在那间旧图书馆里。

结语

路易斯·拉米罗，赛道之王。

——温贝托·卡斯塔涅达

"诗歌在太短的时间内说了太多；
散文花了如此多的时间却说的太少。"

——查尔斯·布考斯基

路易斯只花了几个月的时间就写成了这本书，但这并不意味着本书并非佳作，而是说他的写作天赋远超一般人。他的写作天赋长久以来人所共见，我见过他在登台之前做成一首歌，在坐着公交车去听音乐会的路上谱成了一首曲，甚至在卫生间的短暂间隙写成了一首歌……在这富有创造性的写作热情之后，他唱着歌，观察着人们的反应。我想，这就是他从没有高看过自己成就的原因之一，因为这一切对他来说都易如反掌。我可以肯定地说，许多非常受人喜爱的歌曲都是他在不到半小时内写成的。

在和路易斯成为朋友之前，我就知道他是一位诗人。十年前，我在马德里一家小酒吧里认识了他。一位朋友请他在自己的音乐会上演唱歌曲。我仍然记得我当初听到他唱那首歌时的感受，那是一首探戈，讲述了两个相爱的阿根廷人因荆棘之海被迫分开的故事。他竟然能如此轻易地表达出他人的感受，或者说，任何一个处于相同境遇的人的感受。

事实上，尽管人们会认为自己对诗歌一无所知，但他们总能切实地明白自己的感受。

不久之后，我们成了朋友，我们的生活开始有了密切的交集。而我最初的预感变得越来越强烈。我开始觉得，在我身边的这个人，不仅仅是一位诗人，更是一位能与那些伟大诗人比肩的人。他对两件事有着巨大的热忱，音乐与诗歌。他总是充满着忧虑与恐惧，在生命中的每一天，时笑时哭。他是这样强大，又是如此虚弱。我总是大胆地将他与巨人相提并论（这令他捧腹大笑，并且说我是疯子）。然而，为何不是呢？他就是这样，如列侬般缺乏安全感却又坚强，像科恩一样缺乏安全感却又真诚，同狄兰般缺乏安全感却又成熟。实际上，没有一个诗人是由内而外拥有自信的。

艺术家有一种创造性的需求，这种需求帮助他们跨越所有可能遇到的障碍。年仅十六岁的路易斯使用诗歌将他学校书桌的抽屉塞得满满当当，这在当时成了笑柄，但这并没有阻止他创作，当然没有。从那时起，他就从没停止过写作，他大半辈子都致力于向那些愿意聆听他的人赠予他观察世界的方式。是的，这都是免费的，任何人都可以免费下载他的专辑。他与他人分享，除了是想以此谋生之外，也希望让人们听听他要说的话。

我已经看到路易斯第四次重读《唐·吉诃德》时的样子，或者是读到洛尔卡的某句诗、福格斯的某句话时激动流泪的样子。这就是为什么我认为我理解了，在长久以来依靠着吉他进行创作之后他决定，把他的忠实朋友闲置一旁，试着独自面对一张白纸。这次，他没有任何相伴于脑海的旋律。他忽而有了这样的念头："我要写一首十四行诗。"在规则的限制下进行写作并不容易，但他知道自己可以做到。于是，他就这样开始了，而最初的挑战逐渐变成了一种乐趣，这种乐趣驱使着他写下了五十多首十四行诗。

读完这本书，有什么在我们的脑海里留下了痕迹？那便是赤身裸体、手无寸铁的路易斯。我们知晓他的形象，明白他的感受，因为他用他的所有诗句向我们传达这一切。如果有人因此批评他，他可能心里感到一阵酸苦，总是有一些软弱胆怯的人会批判他人的勇敢行为。但凭我对他的了解，他很快便能克服这些痛苦。重要的是，他所留下的文字不会被轻易抹去。

在这本书里，他批判了被契约和流行驱动的爱情，崇拜不加粉饰的身体，热爱他的城市并且向女性表示感谢，因为是她们装扮了这座城市。他嘲笑批评他的人，赞美所有的不完美，牵挂着所有的残缺；他对于结局是乐观的，即使那是令人悲伤的（真的会有美好圆满的结局吗？）；拒绝那些披着他人的外衣只为达到某些目的，或是仅仅为了假扮成他人的人；赞扬友谊，在失去激情的时候感到受伤；他声称他是个正常人，他愿意付出一切代价回到年少时期，甚至想要成为更加纯真的存在。是的，一切都关于爱，爱有时是无情和带有报复性的，它是这样的不公与扭曲。但有时，爱也是逃亡者的家园，或是生命中一个神圣的片段。

路易斯比以往任何时候都更加渴望坠入爱河，也比任何时候都更害怕承诺。他从未为爱受过那么多苦，对他来说，忘记一个人也从未如此容易。

我想这就是诗歌，是路易斯在每一页上所书写的，寥寥几笔便可以表达出的，冗长的文字所无法言明的内容，是在以一种受到他人认可的方式看待这个世界。而有时他自己也不知道他在说什么，但是这些单词浮现于他的脑海之中，而我们则负责赋予它们各自的意义。

所有人都说艺术处于一个不景气的时期，但事实上，它一直如此，它从不是一件容易的差事。但是真正的艺术家们知道，这并无任何借口，他们的内心告诉自己，有需要做的事情，而这就是真正重要的。他们并不仅仅在娱乐观众，而是在锤炼我们的灵魂，也令我们明白，一路上我们并不孤独，我们都是这样生活着，一边哭着，一边笑着。

致我的朋友路易斯。谢谢你。

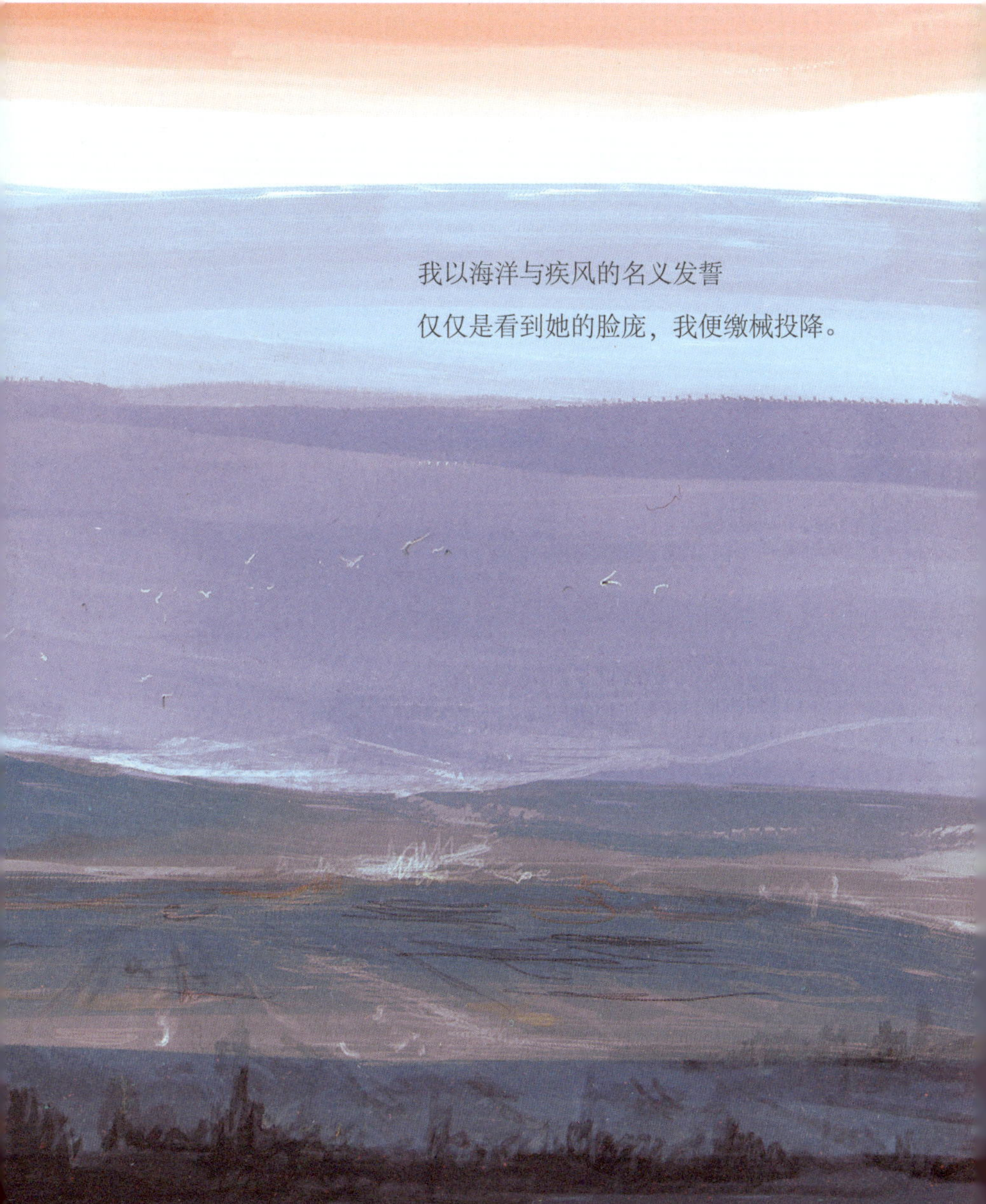

我以海洋与疾风的名义发誓

仅仅是看到她的脸庞，我便缴械投降。

如果你给未来留下一点余地

那我的脸，就永远不会像一个白痴。

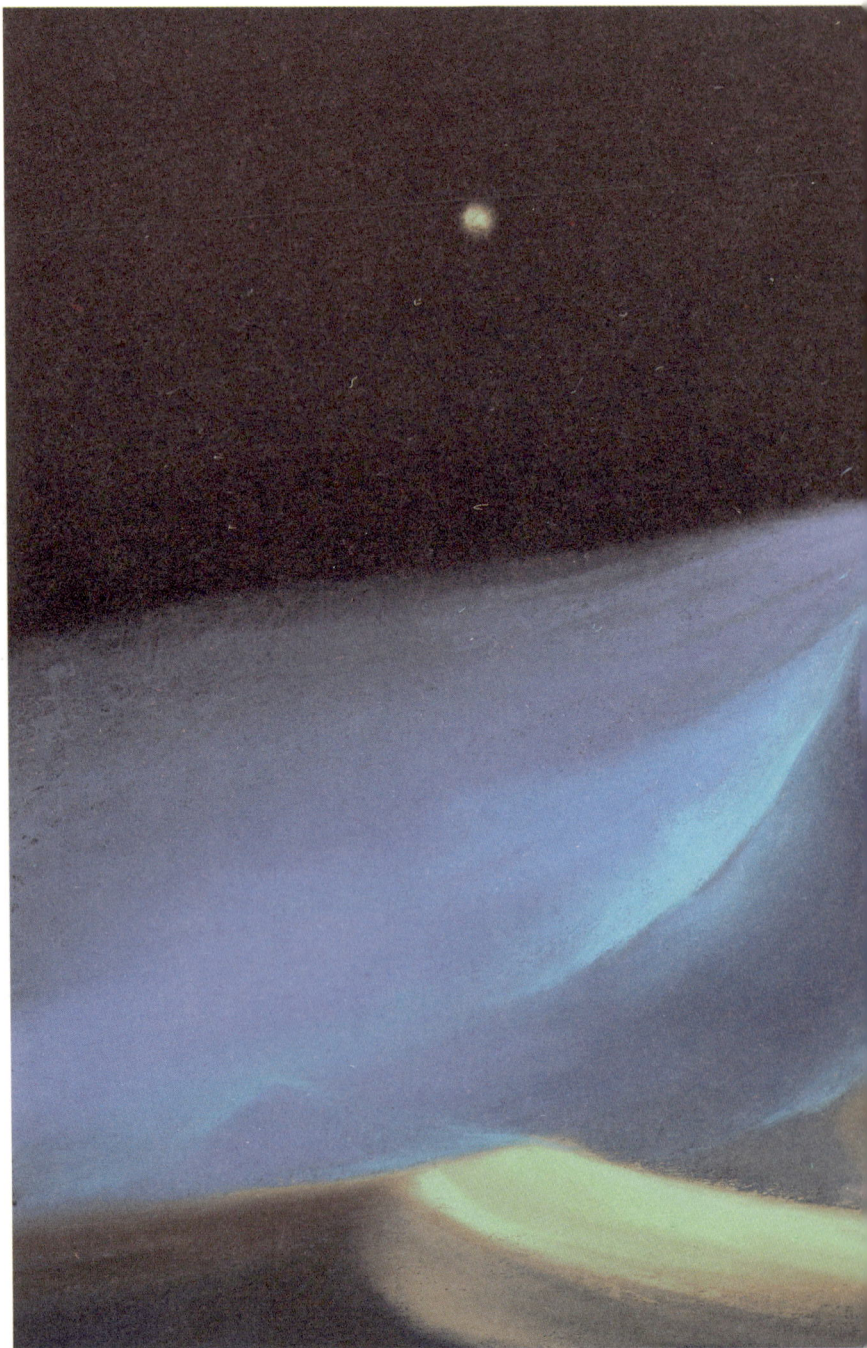

我知道，激情只是一瞬间

但瞬间，也可以是百年。

一切都很好

直到

她第一次伤害了我。

伴着最喜欢的冬日，你逃离了我

我寻找了一个合适的理由去恨你。

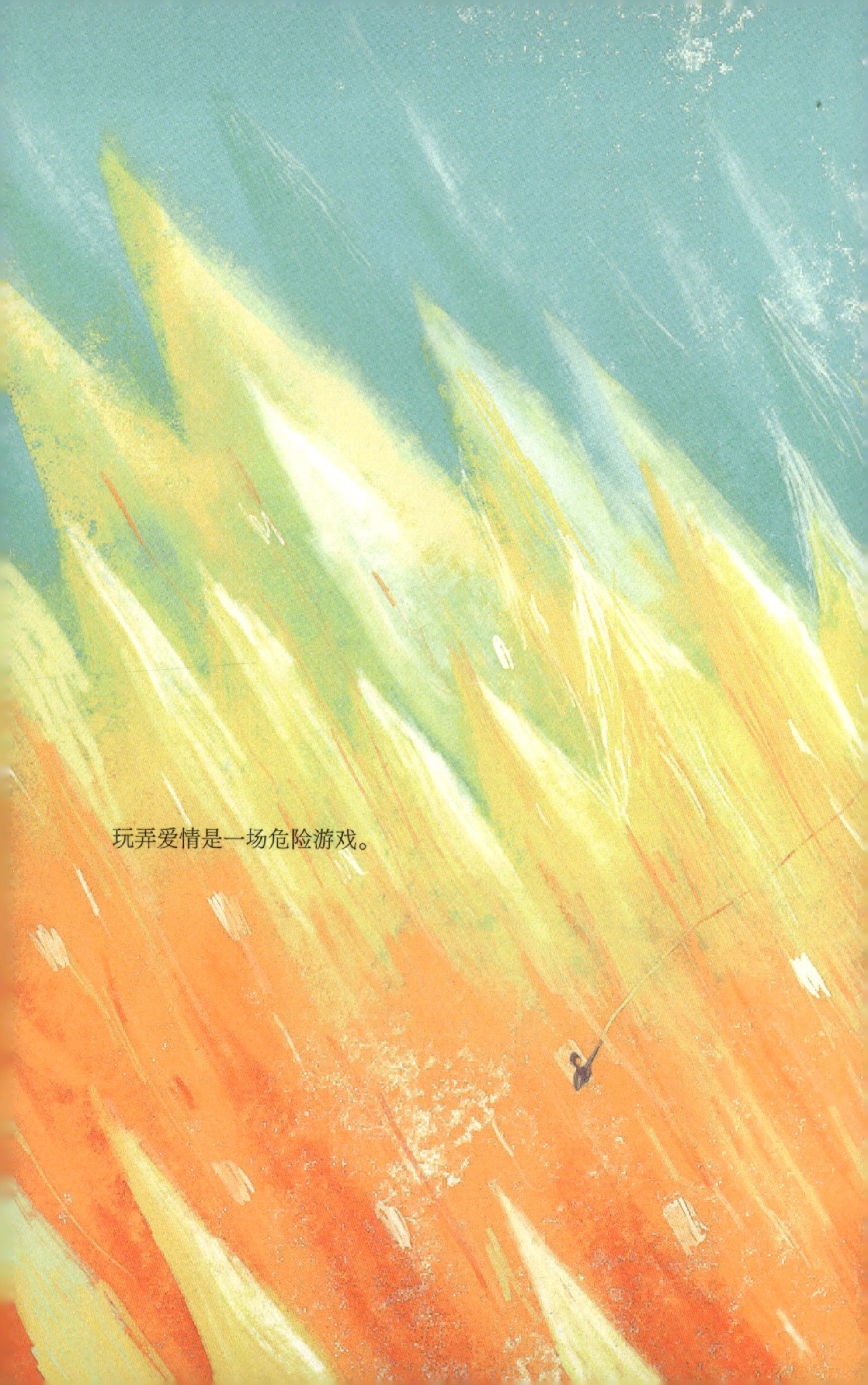

玩弄爱情是一场危险游戏。

我在写着诗。

我在面对着世界。

这便是，最有尊严的生活方式。

这便是，最勇敢的赴死之路。

生命本身，是如此惊艳的一部作品。

比起诗人，
我更想做她的情人。